La Gamme du Village

LA

GAMINE DU VILLAGE

DU MÊME AUTEUR :

LA VEUVE D'UN VIVANT, opérette en un acte.

VERSEZ, MARQUIS ! opérette en un acte, en collabor. avec E. Prével.

MADEMOISELLE DE LONGCHAMPS, vaudeville en un acte, en collaboration avec E. Prével.

LE CRIME D'UN INNOCENT, vaudeville en un acte, en collaboration avec E. Prével.

EURÉKA ! opérette en un acte.

MADAME BOUTEILLE, opérette en un acte.

EN VENTE CHEZ L. VIEILLOT, ÉDITEUR

AIMÉ POUR LUI-MÊME, opérette en un acte, de Mahiet de la Chesneraye, musique de Laurent de Rillé, partition, piano et chant, in-4. Prix net : 3 fr. 60.

BEL-BOUL, opérette en un acte de Mahiet de la Chesnéraye, musique de Laurent de Rillé, partition, piano et chant, in-8. Prix net : 5 francs.

LES CHAISES A PORTEUR, opéra-comique en un acte, de Dumanoir et Clairville, musique de Victor Massé, partition, piano et chant, in-8. Prix net : 8 francs.

LES DOUBLONS DE MA CEINTURE, opérette en un acte, d'Alfred Albert, musique de Joseph Darcier, partition, piano et chant, in-8. Prix net : 5 francs.

LA GAMINE DU VILLAGE, opérette en un acte d'Alexis Bouvier, musique de Frédéric Barbier, partition, piano et chant, in-8. Prix net : 3 francs.

MONSIEUR GRIFFARD, opéra-comique en un acte, de Mestépès, musique de Léo Delibes, partition, piano et chant, in-8. Prix net : 8 francs.

LA PERLE DE L'ALSACE, bouffonnerie musicale en un tableau, paroles et musique d'Hervé, partition, piano et chant, in-4. Prix net : 2 francs.

UN MARIAGE EN MUSIQUE, saynette de Charles Colmance, musique d'Adolphe Lindheim, partition, piano et chant, in-4. Prix net : 2 francs 40.

LA VEUVE D'UN VIVANT, opérette en un acte d'Alexis Bouvier, musique de Charles Domergue, partition, piano et chant, in-8. Prix net : 3 francs.

(C.)

POISSY. — TYP. ET STÉR. DU A. BOURET.

LA
GAMINE DU VILLAGE

OPÉRETTE EN UN ACTE

DE

ALEXIS BOUVIER

MUSIQUE DE

FRÉDÉRIC BARBIER

Représenté pour la première fois à Paris sur le théâtre des Champs-Élysées (Folies-Marigny), le 15 juillet 1863.

———>●<———

PARIS

L. VIEILLOT,

Éditeur des Œuvres choisies de MM. F. Bérat, L. Clapisson, Ch. Colmance,
J. Couplet, J. Darcier, V. Didier, Édouard Donvé, Ch. Gille, L. Festeau,
Mahiet de la Chesneraye, Gustave Nadaud, et Henry Nadot,

32, RUE NOTRE-DAME DE NAZARETH, 32.

—

1865

DISTRIBUTION :

PERSONNAGES.	ACTEURS.
Sosthènes MONCHENIT, 28 ans, maître d'école . . .	M. Ad. Bourgoin.
Aimée BRUYÈRE, 16 ans.	Mlle Suzanne Alter.

———

L'action de nos jours dans un village français sur les frontières d'Espagne.

LA
GAMINE DU VILLAGE

Une chambre rustique, haute cheminée au fond, dressoirs à droite et à
gauche. un bahut à pain à gauche, un coucou au fond près la cheminée,
porte au premier plan à gauche, porte d'entrée à droite, à droite une fenêtre... Au lever du rideau, la scène est vide ; ameublement rustique.

SCÈNE PREMIÈRE

MONCHENIT, entre en parlant.

Non ! Eh bien, non ! on aura beau dire, tout est changé !
lorsque j'étais enfant, je n'étais pas comme ces bandits-là ! il
n'y a pas à dire, je suis plus sévère que ça avec Bruyère !
C'est une gamine dont on ne peut pas venir à bout, disent-ils !
allons donc : eux bien ! mais moi ! il ferait beau voir qu'elle
ne m'écoutât pas... pauvre petite, voilà dix ans bientôt que
je l'ai recueillie, c'était dur, mais en revanche la gaieté et le
bonheur sont entrés avec elle dans la maison... où donc est-
elle ? (Il ouvre la fenêtre, appelant.) Bruyère ! Bruyère. Allons, bon !
elle est encore allée courir, comme les oiseaux qui ont eu les
bois pour berceau, elle aime les bois !... il y a bien un moyen
de la rendre raisonnable... j'y ai pensé... j'y pense même
toujours... Le mariage !... Mais c'est bête, je n'ose jamais
aborder cette question-là !... Ah ! c'est que je la connais.

AIR n° 1.

Ma gentille folle
A l'esprit frivole
Comme une espagnole !
A qui lui dira

1

De devenir sage !
Aussitôt, je gage,
Elle répondra : Tra la la.....

2e.

Mais à ma jolie,
Parlez de folie,
Alors, je parie
Qu'elle sourira !...
Une farce à faire,
Aussitôt Bruyère,
S'élançant légère,
Son refrain dira : Tra la la.....

Cependant elle a atteint un âge où il n'y a plus à attendre...
Les mauvaises langues sont là... je tâcherai pendant sa leçon...
C'est cela... (Il sort en chantonnant.)

SCÈNE II

BRUYÈRE, paraissant à la fenêtre ; elle est toute déchirée ; elle parle à la cantonnade, puis saute.

Veux-tu rester, toi... je ne veux pas que tu viennes ici...
Si tu touches au petit, tu verras !... Bon ami n'est pas là ! tant
mieux !... Ce matin nous courions avec Toto ! V'lan ! je me
jette dans l'adjoint qui portait des œufs... Je me sauve d'un
côté... Toto de l'autre... il m'a crié gamine ! Eh bien ! oui je
suis une gamine :

AIR n° 2.

Je le sais, je suis gamine,
J'aime les bois et les champs,
Jamais rien ne me chagrine,
Comme il vient je prends le temps.
Parce que je casse et brise,
Au pays on rit de moi,
Quoiqu'on fasse, quoiqu'on dise,
Le caprice, c'est ma loi :
   Eh ! lon lan la !

Jamais je ne m'incline,
Le plaisir est mon roi,
   Eh! lon lan la!
Moi, je suis la gamine,
Je n'écoute que moi.

2°.

Au village, une fillette
S'éloigne en m'apercevant;
Elle rit de ma cornette,
Qui s'envole au gré du vent!
Je n'ai pas de fin corsage,
Pas de jupes de velours;
Mon cœur est honnête et sage....
Le sien ne l'est pas toujours!
   Eh! lon lan la, etc.

J'étais ce matin dans le petit bois, je vois Toto qui revenait avec un petit enfant... je le prends! il est gentil comme tout... mais qu'en faire? Bon ami ne voudra jamais... Ah ben, tant pis... il faudra bien qu'il le prenne... (Elle va à la fenêtre et prend un petit enfant au maillot) il est gentil... dors! petit ange dors! * (Elle l'embrasse) Où le mettre... s'il allait se réveiller... Ah! le bahut à pain! (Elle met l'enfant dans le bahut et s'assied inquiète sur le bord.) Là!

SCÈNE III

BRUYÈRE, MONCHENIT.

MONCHENIT.

Vous voilà, enfin, mademoiselle... (La regardant.) Grand Dieu! dans quel état!... d'où venez-vous?

BRUYÈRE.

Je vais te dire, bon ami... le fils du boucher m'a appelée gamine...

* Note à la fin.

MONCHENIT.

Eh bien! n'avait–il pas raison!...

BRUYÈRE, caline.

Oh! tu ne penses pas ce que tu dis là!

MONCHENIT.

Eh ben non!... Mais voyons... ton casaquin tout abimé...
ta cornette déchirée, voilà huit jours que je te l'ai donnée à
la fête du pays.

BRUYÈRE.

Tu m'en veux, bon ami...

MONCHENIT.

Oh! non! (A part.) Hein, comme je la mène! (Haut.) Enfin,
qu'as-tu fait?

BRUYÈRE.

Ah ben! je l'ai joliment arrangé, le fils du boucher.

MONCHENIT.

Hein!...

BRUYÈRE.

Je lui ai donné une pile!... Gamine, Ah!

MONCHENIT.

Une pile! Mais c'est affreux. Une demoiselle! une pile!...

BRUYÈRE.

Eh bien?

MONCHENIT.

Désormais vous ne sortirez plus.

BRUYÈRE.

Je ne sortirai plus! Pourquoi donc?

MONCHENIT.

Parce que... parce que je ne le veux pas.

BRUYÈRE.

Je sortirai tout à l'heure.

MONCHENIT.

Je ne veux pas, moi! Ah! mais c'est qu'on m'obéit!

BRUYÈRE, défiant.

Eh bien, Je m'en vais tout de suite!...

MONCHENIT.

Qu'est-ce que c'est!

BRUYÈRE, de même.

Je casserai plutôt tout...

MONCHENIT.

Voulez-vous, gamine!

BRUYÈRE, menaçante.

Hein! Gamine?

MONCHENIT.

Certainement! gamine! (Au Public.) Il ne fallait que ça pour la rendre souple.

BBUYÈRE, cassant tout.

Ah! c'est comme ça... Eh bien! tiens. (Elle casse une tasse.)

MONCHENIT, courant.

Veux-tu!

BRUYÈRE, même jeu.

Tiens. (Elle casse.) Tiens. (Elle casse.)

MONCHENIT, courant.

Assez!... ma tasse!... Le plat! non! (Il court.)

BRUYÈRE, levant un plat.

Ah! c'est... (Elle va pour casser et s'arrête. A part.) Si j'allais l'éveiller.

MONCHENIT.

Mais c'était pour rire que je disais gamine... Voyons... (A part.) Voyez-vous : Ah! je sais la mener! moi...

BRUYÈRE, confuse.

Dis donc, bon ami... je me suis mise en colère...

MONCHENIT.

Un peu... mais ça n'a presque rien été... Seulement tu as tort de tout bousculer.

BRUYÈRE.

Je ne le ferai plus...

MONCHENIT.

Oui! oui! (Au Public avec satisfaction.) Hein. (Haut.) Voyons, veux-tu prendre ta leçon?...

BRUYÈRE.

Mais oui !

MONCHENIT.

C'est le moment ! Si je pouvais adroitement... Essayons.

UNE VOIX, par la fenêtre.

M. Monchenit, une lettre de l'adjoint.

MONCHENIT, prenant une lettre.

De l'adjoint !... Donne...

BRUYÈRE, à part.

Pourvu qu'il ne s'éveille pas.

MONCHENIT.

Qu'est-ce que c'est !... Voyons. (Il lit.) En l'absence de M. le maire, après avoir pris l'avis du Conseil, composé de moi-même, avons signifié au sieur Monchenit qu'il ait à faire cesser la jeune Bruyère, sur laquelle nous recevons du village les plaintes suivantes : 1° avoir cassé en grimpant après, la lanterne unique de la commune... Si c'est possible !

BRUYÈRE, faisant le mouvement de sauter à la corde.

Je voulais prendre la corde !...

MONCHENIT, continuant.

Taisez-vous !... 2° avoir mis la botte de foin qui sert d'enseigne au grainetier à la porte du boulanger. 3° Avoir brisé la devanture de la boutique de l'épicier...

BRUYÈRE.

Pourquoi disent-ils que je suis la honte du pays.

MONCHENIT.

Taisez-vous !... Voulant faire cesser ces scandales, donnons 24 heures au susnommé pour régulariser la position de sa protégée, au bout desquelles s'il n'est fait droit, serons contraint de l'expulser du village. Eh bien, Bruyère ?...

BRUYÈRE.

Oh ! je te jure que c'est eux qui commencent toujours à me taquiner.

MONCHENIT.

Il faudrait les faire cesser !

BRUYÈRE, naïve.

Mais comment?...

MONCHENIT, embarrassé.

En devenant sage... et en donnant à ton cœur un sujet d'occupation autre que tout cela...

BRUYÈRE.

Mais quel sujet d'occupation?...

MONCHENIT, embarrassé.

Dame!... C'est bien simple... tu... (A part.) C'est très-difficile (Haut.) On l'occupe par... le... la... (Changeant de ton.) Commençons ta leçon! (A part.) C'est une idée.

BRUYÈRE.

Qu'est-ce-que tu dis donc tout seul.

MONCHENIT, prenant un livre.

Moi... Rien... Tiens, lis comme moi.

BRUYÈRE, lisant avec lui.

Oui.

ENSEMBLE. AIR n° 3.

Un mot divin et charmant,
Qu'il n'est pas besoin d'apprendre,
C'est le doux mot qu'en naissant,
Le cœur nous a fait comprendre.
Un mot que sans causer,
On peut cependant se dire,
Un jour par un baiser,
Quelquefois par un sourire.

MONCHENIT.

As-tu compris quel est ce mot?

BRUYÈRE.

Non! tu le vois, je cherche encore!

MONCHENIT.

Quand on le connaît, aussitôt
Sa douce flamme vous dévore;
C'est un feu qu'on ne peut chasser!...

BRUYÈRE.

Mais, j'y pense, la chose est claire,
On se le dit par un baiser!
Embrasse-moi. (Il l'embrasse.) Rien! Quel mystère,
Ah ah ah!
Relisons bas,
Car je ne comprends pas.

Reprise ensemble de :

Un mot divin et charmant, etc...

BRUYÈRE.

Oh! mon bon ami, réponds-moi,
Ce mot-là, tu dois le connaître?

MONCHENIT.

Mais rien ne parle donc en toi?

BRUYÈRE.

Non, je t'écoute, mon bon maître;

MONCHENIT.

Cherche bien au fond de ton cœur;

BRUYÈRE.

Que ne veux-tu me le décrire!...
Si je t'embrassais?...

MONCHENIT, A part.

Quel bonheur!
(Haut.) Je ne voudrais pas te le dire.

BRUYÈRE.

Je ne sais pas;
Allons, relisons bas!   (bis.)

(Reprise de l'Ensemble)

MONCHENIT.

Voyons, réponds-moi franchement.

BRUYÈRE.

Comme toujours.

MONCHENIT.

C'est vrai! Lorsque tu cours dans le pays, dans les bois...

BRUYÈRE.

Oui!

MONCHENIT.

Tu dois avoir avec toi des compagnons.

BRUYÈRE.

Je crois bien... tous les garçons du pays.

MONCHENIT, effrayé.

Hein! tous les garçons... (A part.) Au fait, j'aime mieux tous qu'un seul. (Haut.) Enfin tu préfères les garçons aux filles.

BRUYÈRE.

Pardi! Les filles du pays elles font les mijaurées avec moi... Elles me trouvent effrontée... si je veux répondre, elles se sauvent... tandis que les garçons s'ils me parlent mal... ils le payent...

MONCHENIT.

Hein! tu les bats?...

BRUYÈRE.

Certainement!

MONCHENIT.

Quel démon! (A part.) Heureusement que j'ai toujours su la conduire. (Haut.) Mais enfin parmi tous ces amis... il n'y en a pas un, j'espère, que tu préfères aux autres?...

BRUYÈRE.

Oh! si, va.

MONCHENIT.

Comment! il y...

BRUYÈRE.

Oui! il y en a un avec lequel, je suis du soir au matin...

MONCHENIT.

Du soir au matin.

BRUYÈRE.

Certainement! quand je dors dans les bois! il est toujours avec moi... quand je dors dans les champs, c'est la tête près de sa tête.

MONCHENIT.

Qu'est-ce-que j'entends là... et moi qui prenais des détours pour...

BRUYÈRE.

Oh ! Je l'aime bien va.

MONCHENIT.

Mais c'est épouvantable. Et il se nomme ?

BRUYÈRE.

Il s'appelle Toto.

MONCHENIT.

Toto ! Qu'est-ce-que ce nom-là ? Mais ça vous plait à vous et vous en êtes fière, n'est-ce pas mademoiselle.

BRUYÈRE.

Pourquoi pas !

MONCHENIT, à lui.

Mais c'est affreux !... Quelque bandit, quelque mauvais garnement. (Haut.) Je ne m'étonne plus des scandales que l'on vous reproche... Une jeune fille de dix-huit ans... où est-il ce Toto ?...

BRUYÈRE.

Pourquoi faire ?...

MONCHENIT.

Je n'ai pas besoin de vous le dire... Je lui ferai voir à lui-même.

BRUYÈRE.

Qu'est-ce-que tu veux faire à Toto ?..

MONCHENIT.

Laissez-moi, effrontée. Un gaillard qui s'appelle Toto... Comme c'est joli... Mais, soyez tranquille, je le trouverai bien... Ah ! M. Toto. (Il va pour sortir.)

BRUYÈRE, s'élançant.

Vous ne sortirez pas !...

MONCHENIT.

Comment, je ne sortirai pas !... nous allons bien voir, mauvais sujet... Allez à votre leçon.

BRUYÈRE.

Je vous dis que vous ne sortirez pas !.., Je brise tout.

MONCHENIT.

Vous ne me faites pas peur... effrontée gamine.

BRUYÈRE, colère.

Ah! C'est comme ça! Eh! bien! tiens. (Elle casse le coucou.)

MONCHENIT, courant.

Grand Dieu! mon coucou!

DUO :

BRUYÈRE.	MONCHENIT.
Je suis en colère,	Voyez donc Bruyère,
Je veux tout casser,	Qui veut tout casser,
Je veux tout briser !	Qui veut tout briser !
Car devant Bruyère	Elle est en colère
Chacun doit céder.	Et veut le montrer.
Quand on s'imagine	Elle s'imagine
Que l'on me domine!	Qu'elle me domine!
Je fais la gamine	Je le veux, gamine,
Et veux le montrer.	Vous allez céder.

BRUYÈRE.

Ah! si tu bouges de ta place,
Je te le jure, ici je casse
Tes vitraux comme ton coucou... *
Si tu bouges... je casse tont...

MONCHENIT.

Pauvre fou... moi, qui m'imagine
Que le cœur bat chez cette enfant !

BRUYÈRE, furieuse.

Ah! tais-toi! ne parle pas tant.

MONCHENIT.

Méchante, méchante gamine!

(Reprise de l'Ensemble).

BRUYÈRE, courant.

(Cris de l'enfant). Oh mon Dieu! il est réveillé!

MONCHENIT.

Qu'est-ce que c'est que ça?...

BRUYÈRE, cherchant à le faire sortir.

Rien! rien! vite, allez, vous vouliez sortir.

* Voir la note de la fin.

MONCHENIT, à part au public.

Hein! comme elle me cède... il faut la mener comme ça (Cris). Mais qu'est-ce que c'est que ça !.,.

BRUYÈRE, embarrassée.

C'est dans la rue... (A part). Comment faire! mon Dieu!

MONCHENIT, cherchant.

Mais non !... c'est ici... est-ce que ça serait M. Toto. Ah ! mais (Il va vers le bahut), c'est là (Bruyère court dessus).

BRUYÈRE, vite.

Non! non! n'y touchez pas !...

MONCHENIT.

Mais qu'est-ce que c'est?...

BRUYÈRE, baissant la tête.

C'est mon petit enfant...

MONCHENIT, anéanti.

Son petit enfant !... ah! mon Dieu...

BRUYÈRE, tremblante.

Je n'osais pas vous le dire !...

MONCHENIT, s'asseyant accablé.

Un enfant!... un enfant!... je comprends la lettre de l'adjoint... ah! mon Dieu!

BRUYÈRE, suppliante.

Oh! Je vous en prie, bon ami, laissez-le-moi !...

MONCHENIT.

Oh! c'est affreux, Bruyère... un enfant! et tout à l'heure elle avait un petit air innocent... un enfant!

BRUYÈRE.

O bon ami! je n'osais pas vous l'avouer..

MONCHENIT.

Taisez-vous, malheureuse.... répondez-moi?... Ça ne peut pas en rester là, j'irai chez l'adjoint... chez le curé...

BRUYÈRE, vite.

Oh! je vous en prie, n'en parlez pas, on nous le prendrait, c'est à moi et à Toto.

MONCHENIT, avec amertume.

(A part.) Aussi, c'est ma faute!... j'avais une petite fille que

le bon Dieu avait confiée à mes soins... Je devais la veiller...
Mais non !... grande bête d'égoiste, je l'ai laissée vagabonder !...
alors est venu un M. Toto qui m'a pris le cœur de mon enfant
(Haut et colère). Toto ! Toto ! ah ! je m'en doutais... Mais je me
vengerai sur lui, et je le tuerai comme un chien.

BRUYÈRE, suppliante.

Grand Dieu ! Oh ! grâce pour lui, bon ami !... nous nous
aimons tant !

MONCHENIT.

Taisez-vous, effrontée !... (A part). j'en aurais fait une si
bonne femme de ménage !... (Haut). Allons, je vais aller le
voir !... il n'y a pour lui qu'une ressource... Il faudra qu'il
répare sa faute en t'épousant, ce monsieur Toto.

BRUYÈRE.

Comment, M. Toto ?

MONCHENIT.

On verra ce que je suis, je ne sais pas me battre... mais...
je me battrai tout de même.

BRUYÈRE.

M'épouser !

MONCHENIT, colère.

Eh bien ?... vous refusez ?...

BRUYÈRE.

Mais oui !...

MONCHENIT.

Vous refusez de l'épouser ?

BRUYÈRE, riant.

Toto ?... mais ce n'est pas un garçon !...

MONCHENIT, tombant anéanti sur le fauteuil.

Comment ! pas un garçon ! grand Dieu !... Un homme
marié...

BRUYÈRE.

Me marier avec Toto !

MONCHENIT.

Eh bien ?...

1.

BRUYÈRE.

Mais c'est un chien !

MONCHENIT, étourdi.

Un chien !... un chien !...

BRUYÈRE.

Mais oui !... le gros terre-neuve de la ferme !

MONCHENIT.

Et l'enfant alors?...

BRUYÈRE, calme.

Voilà ! nous avions renversé l'adjoint et les œufs !..

MONCHENIT.

M. l'adjoint... tu as renversé M. l'adjoint ! diable !

BRUYÈRE.

Nous nous étions sauvés chacun de notre côté... lorsqu'à l'entrée du bois, je vois paraître Toto... il tenait un petit enfant qu'il venait de prendre à des bohémiens...

MONCHENIT.

Un enfant volé sans doute.

BRUYÈRE.

Je l'apportais, et n'osant pas te le dire, je l'avais mis là...

MONCHENIT.

Très-bien (A part). Oh ! je savais bien ! j'étais très-tranquille ! il n'y a que moi pour en faire ce que je veux.

BRUYÈRE, triste, s'asseyant à droite.

Oui ! mais ça n'empêche que l'adjoint veut me chasser.

MONCHENIT, embarrassé.

Ah! je sais bien un moyen d'éviter cela.

BRUYÈRE.

Lequel ?

MONCHENIT, même jeu.

Il faudrait te marier !

BRUYÈRE, avec amertume.

Ils me le disent tous... avec qui me marier, puisque l'on me méprise !... On m'appelle gamine !... personne ne voudrait de moi !... personne ne m'aime !...

MONCHENIT.

Personne!... oh si! Bruyère!

BRUYÈRE, vite.

Tu connais quelqu'un, toi!...

MONCHENIT, avec émotion.

Oui! oui!... un grand bêta qui un jour... non un matin... a ramassé dans une touffe de bruyère... une belle petite fille de sept ans, qui n'avait plus ni père ni mère... qui, pleurant tendait vers lui ses beaux petits bras frais et potelés, elle regardait en souriant celui qui l'avait trouvée, et son franc sourire montrait ses jolis petites dents blanches et fines comme des perles.

BRUYÈRE, émue.

Ah! et ce grand bêta.

MONCHENIT, pleurant comiquement.

Ce grand bêta l'a d'abord aimée comme un père, puis comme un ami et enfin...

BRUYÈRE, anxieuse.

Enfin?...

MONCHENIT, tremblant.

Comme un amoureux!

BRUYÈRE, vite.

Comme un amoureux! alors tu veux bien être mon petit mari!

MONCHENIT, joyeux.

Si je veux!... (Roulement de tambour).

BRUYÈRE, courant à la fenêtre.

Qu'est-ce que c'est que ça?...

UNE VOIX.

On fait à savoir qu'il sera donné une récompense de mille livres, à celui ou celle qui rapportera un garçon, du sexe masculin, qui a été enlevé à c'matin de chez sa famille qu'est M. Pitard, le forgeron, médecin vétérinaire;... qu'on se le dise (Roulememt).

BRUYÈRE.

Mais c'est le petit!...

MONCHENIT.

Nous le reporterons.

BRUYÈRE.

Oh! bon ami!

MONCHENIT.

Ah bah! un de perdu, deux de retroüvés. J'en suis quitte pour la peur! Aussi, comme je vais régaler Toto!

FINAL. (Chant n° 4.)

Si ce pauvre enfant là
N'avait trouvé son père,
Je devenais papa,
Elle devenait mère.

BRUYÈRE, au public.

Faisant ce qu'il eût fait,
Pour cette œuvre badine,
En frappant s'il vous plaît,
Adoptez la gamine!

Messieurs, par vos bravos
Réveillez les échos,
J'adore le tapage!
Frappez, mais frappez fort,
Ce soir je suis encor
Gamine du village!

MONCHENIT, ensemble.

Messieurs, par vos bravos,
Réveillez les échos,
Elle aime le tapage!
Frappez, mais frappez fort,
Ce soir elle est encor
Gamine du village.

(Au rideau.)

Les directeurs de théâtre ou de café-concert qui voudraient monter cette opérette sans accessoires modifieront la scène II, en faisant parler Bruyère par la fenêtre. Elle dira : S'il allait se réveiller! Je l'ai mis là, près le bahut à pain. Et, dans une colère, au lieu de : Tes vitraux comme ton coucou : Tes vitraux et ton vieux coucou!

FIN

Poissy. — Typ. et Stér. de A. Bouret.

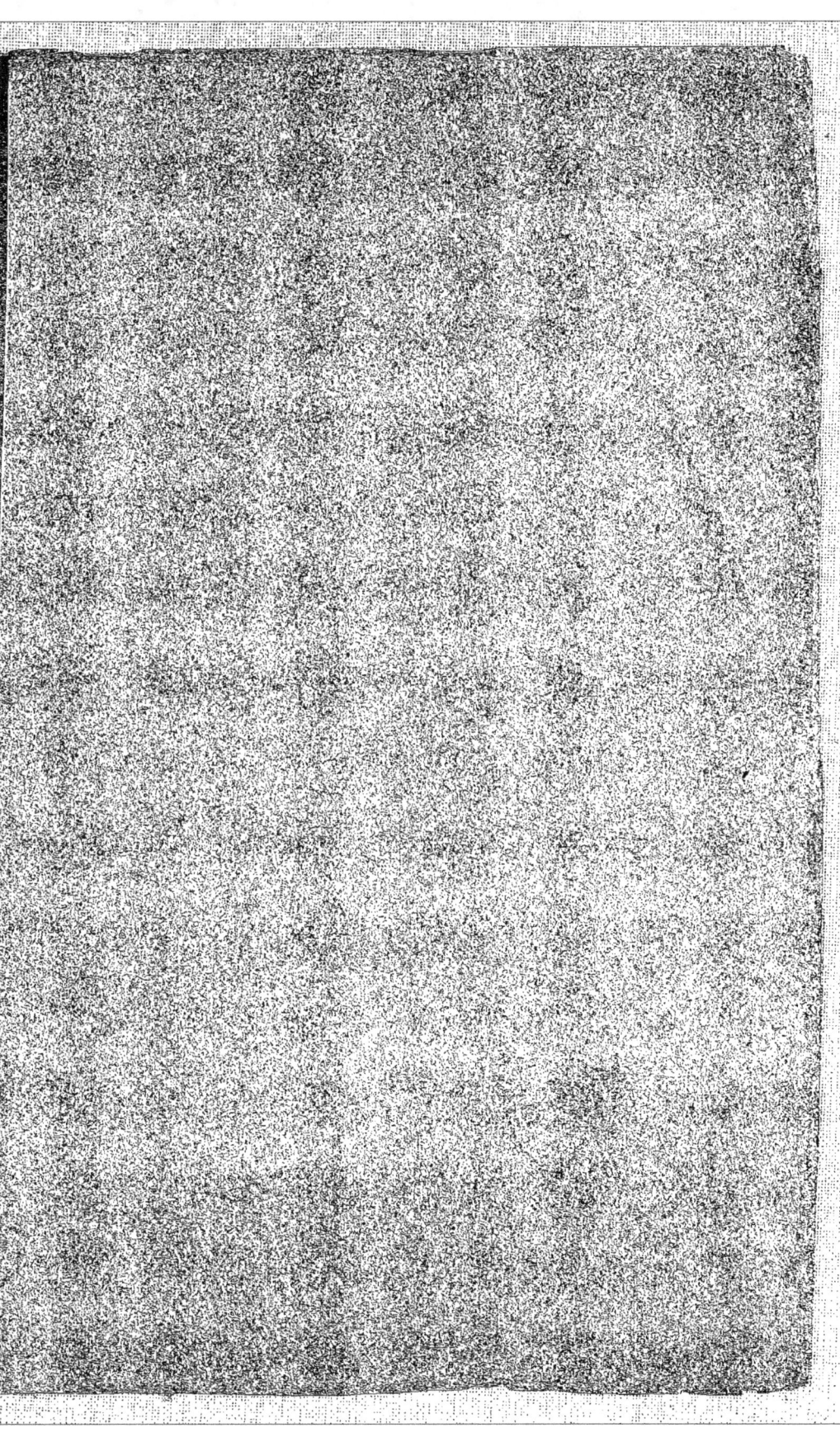

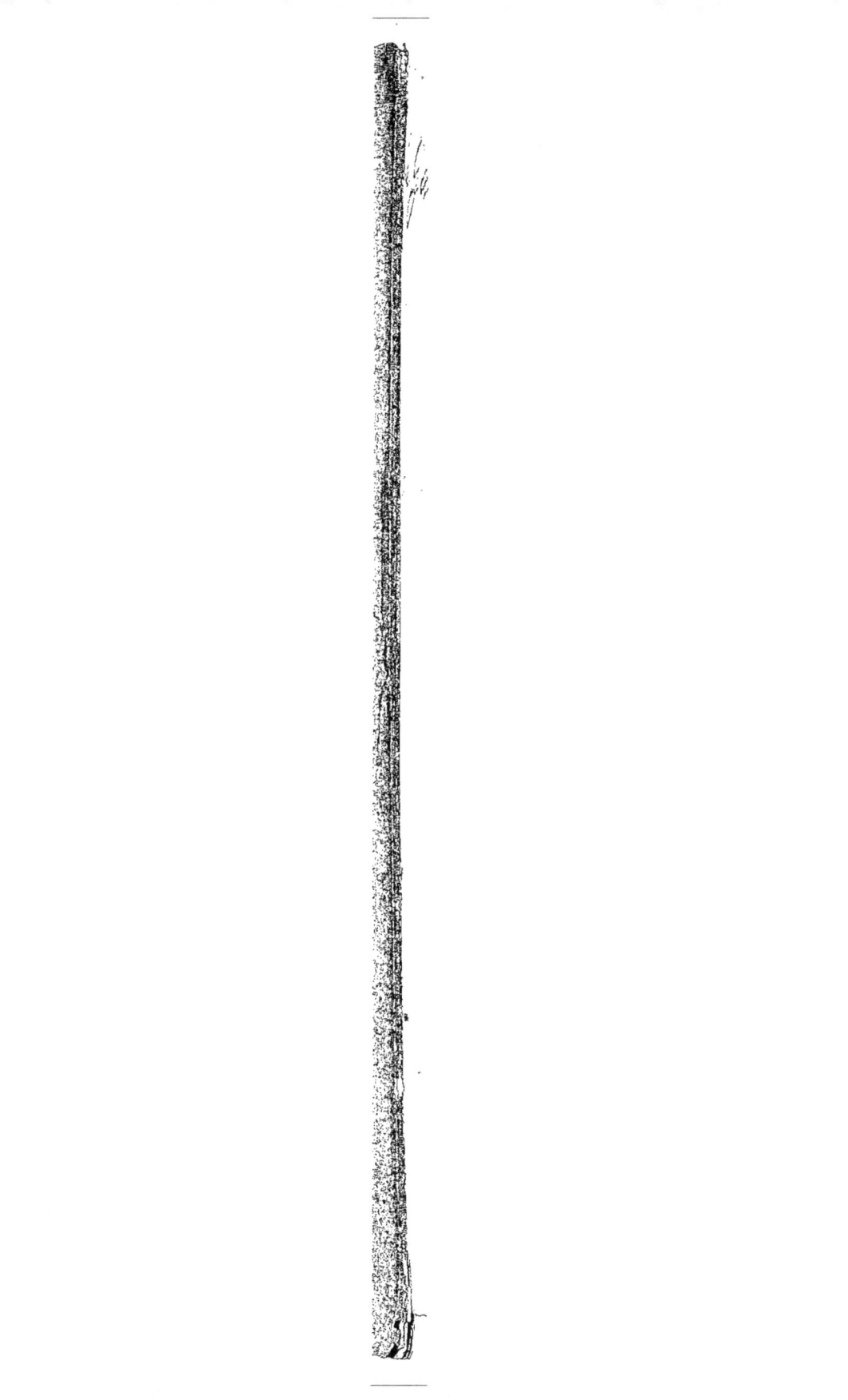

www.ingramcontent.com/pod-product-compliance
Lightning Source LLC
Chambersburg PA
CBHW061739180626
46818CB00006B/2678